Charles Baudelaire

Die Fanfarlo

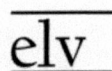

Baudelaire, Charles

Die Fanfarlo

Reihe: *classic pages*

ISBN: 978-3-86267-172-4

Auflage: 1
Erscheinungsjahr: 2011
Erscheinungsort: Bremen, Deutschland

Europäischer Literaturverlag GmbH, Fahrenheitstr. 1, 28359 Bremen (www.elv-verlag.de).

Cover: Ausschnitt aus dem Gemälde "Lady Colin Campbell" (1897) von Giovanni Boldini.

Die Fanfarlo

www.elv-verlag.de

Samuel Cramer, der früher – in der guten Zeit der Romantik – mit dem Namen Manuela de Monteverde einige romantische Torheiten zeichnete, ist das widerspruchsvolle Produkt eines blassen Deutschen und einer braunen Chilenin. Fügt diesen verschiedenartigen Eltern eine französische Erziehung und eine literarische Zivilisation hinzu, so werdet ihr über die bizarre Kompliziertheit dieses Charakters weniger erstaunt, wenn nicht befriedigt und erbaut sein. Samuel hatte eine reine und edle Stirn, glänzende kaffeebraune Augen, eine spottsüchtige Nase, schamlose und sinnliche Lippen, ein viereckiges und despotisches Kinn und anspruchsvoll raffaeleskes Haar. – Er ist zu gleicher Zeit ein großer Nichtstuer, ein trauriger Ehrgeiziger und ein berühmter Unglücklicher; denn er hat sein ganzes Leben lang nur halbe Ideen gehabt. Die Sonne der Faulheit, die fortwährend in ihm leuchtet, frisst und verdampft das halbe Genie, mit dem der Himmel ihn begabt hat. Unter all diesen halb klugen Männern, die ich in diesem schrecklichen Pariser Leben kennenlernte, war Samuel an erster Stelle der Mann der verfehlten schönen Werke; als eine kränkliche und fantastische Natur, deren Poesie heller in seiner Person als in seinen Werken glänzt, und die mir gegen ein Uhr morgens zwischen dem Leuchten eines Holzkohlenfeuers und dem Ticktack einer Uhr immer wie der Gott der Ohnmacht erschien. – Moderner und zwiegeschlechtlicher Gott – einer so ungeheuren und riesenhaften Ohnmacht, dass sie episch wirkte!

Wie soll ich es euch klarmachen, wie euch deutlich diese dunkle, von hellen Blitzen durchzuckte, Natur veranschaulichen, die zugleich faul und unternehmend, reich an schweren Plänen und lächerlichen Fehlgeburten war, ein Geist, in dem das Paradox oft als Naivität wirkte und dessen Fantasie ebenso groß war wie die reine Einsamkeit und Trägheit? – Einer der eigentümlichsten Fehlschlüsse Samuels war es, sich denen gleich zu fühlen, die er hatte bewundern können; hatte er sich bei der Lektüre eines schönen Buches begeistert, schloss er daraus unwillkürlich: »Das ist so schön, dass es von mir hätte sein können« – und von da bis zum Gedanken: »Also ist es von mir« bleibt nur ein sehr schmaler Weg.

In der gegenwärtigen Welt findet man diese Art Charaktere häufiger als man glaubt; Straßen, öffentliche Wege, Kneipen und alle Asyle der Nichtstuer wimmeln von Wesen solcher Art. Sie verstehen es, sich so mit dem neuen Vorbild zu identifizieren, dass sie nahe daran sind zu glauben, sie hätten es selbst erfunden. – Heute entziffern sie mühsam die geistigen Schriften von Plotin oder Porphyrios; morgen bewundern sie Crébillon den Jüngeren, der die heitere und französische Seite ihres Charakters trefflich ausgedrückt hat. Gestern unterhielten sie sich familiär mit Jérôme Cardan; heute spielen sie mit Sternen oder wälzen sich mit Rabelais in den auserlesensten Hyperbeln. Übrigens sind sie so glücklich in jeder ihrer Wandlungen, dass sie es all diesen schönen Genies nicht verübeln, ihnen den Ruhm der Nachwelt vorweggenommen zu haben. Naive und Respekt fordernde Schamlosigkeit. So beschaffen war der arme Samuel.

Von Geburt sehr anständig und ein wenig Lump aus Zeitvertreib – Schauspieler aus Temperament –, spielte er für sich selbst und bei geschlossenen Türen unvergleichliche Tragödien oder besser gesagt Tragikomödien. Fühlte er sich von Heiterkeit berührt und gekitzelt, musste man sich das beweisen, und unser Freund übte sich herzlich zu lachen. Trieb ihm irgendeine Erinnerung eine Träne in die Augen, ging er zum Spiegel, um sich weinen zu sehen. Wenn irgendein Mädchen ihn in einem brutalen und kindlichen Eifersuchtsanfall mit einer Haarnadel oder einem Federmesser kratzte, rühmte sich Samuel vor sich selbst eines Messerstiches; und wenn er irgendeinem Unglücklichen zwanzigtausend Franken schuldete, rief er fröhlich aus: »Welch trauriges und bejammernswertes Los trifft ein Genie, das eine Millionenschuld drückt.«

Man darf im Übrigen nicht glauben, dass er unfähig gewesen wäre, wahre Gefühle zu empfinden, und dass die Leidenschaft nur seine Haut gestreift hätte. Er hätte sein letztes Hemd für einen Menschen verkauft, den er kaum kannte, und den er auf seine Stirn und seine Hand hin seit gestern zu seinem intimen Freunde ernannt hatte. Er mengte den Dingen des Geistes und der Seele die ruhige Kontemplation germanischer Naturen, den Dingen der Leidenschaft die schnelle und flüchtige Glut seiner Mutter, – und in das praktische Leben alle Schiefheiten der französischen Eitelkeit. Er hätte sich für einen seit zwei Jahrhunderten toten Autor oder Künstler duelliert. Da er fanatisch gläubig gewesen war, wurde er leidenschaftlicher Atheist. Er barg gleichzeitig alle Künstler, die er studiert, und alle Bücher, die er gelesen hatte, in sich, und blieb dennoch, mangels schauspielerischer Begabung, durchaus originell. Er war immer der sanfte, fanatische, steife, schreckliche, weise, unwissende, ausgelassene, kokette Samuel Cramer, die romantische Manuela de Monteverde. Er schwärmte von seinem Freunde wie von einer Frau, er liebte eine Frau wie einen Kameraden. Er besaß die Logik aller guten Gefühle und die Weisheit aller Verschlagenheit, und trotzdem kam er nie zu etwas, weil er zu sehr an das Unmögliche glaubte. – Ist es erstaunlich? Er war immer dabei es zu konzipieren.

Eines Abends empfand Samuel Lust auszugehen. Das Wetter war schön und duftend. – Er hatte gemäß seines Geschmackes am Ungewöhnlichen gleich starke und lange Perioden der Zurückgezogenheit und der Zerstreuung und hatte sich lange Zeit über nicht aus seiner Wohnung gerührt. Die mütterliche Faulheit, die kreolische Lust am Nichtstun, die in seinen Adern rollte, hinderten ihn daran, unter der Unordnung seines Zimmers, seiner Wäsche und seiner eingefetteten und vollkommen unordentlichen Haare zu leiden. Er kämmte sich, wusch sich und fand in einigen Minuten die Sicherheit der Leute wieder, für die die Eleganz alltäglich ist, dann öffnete er das Fenster. – Ein warmer und goldiger Tag flutete in das staubige Zimmer. Samuel wunderte sich, wie schnell in den wenigen Tagen ohne laute Ankündigung der Frühling gekommen war. Eine milde Luft voll von Wohlgerüchen drang ihm in die Nüstern – ein Teil stieg in sein Gehirn und füllte es mit Träumen und Wünschen, der andere Teil bewegte Fleisch, Herz, Magen und Leber. – Entschlossen blies er zwei Kerzen aus, deren eine noch auf einem Band Swedenborg flammte, während die andere auf einem dieser schmählichen Bücher verlosch, deren Lektüre nur den Geistern vorteilhaft ist, die einen unmäßigen Geschmack an der Wahrheit haben.

Aus der Höhe seiner Einsamkeit, die voll Papiere steckte, mit Schmökern gepflastert und mit Träumen erfüllt war, sah Samuel oft eine Gestalt und eine Figur in einer Allee des Luxembourg spazieren, wie er sie in der Provinz geliebt hatte – im Alter, wo man aus Liebe liebt. – Ihre Züge, die durch einige Jahre der Praxis gereift und fetter geworden waren, hatten die tiefe und dezente Grazie der anständigen Frau; im Grunde ihrer Augen leuchtete von Zeit zu Zeit noch die feuchte Träumerei des jungen Mädchens auf. Sie ging hin und her und wurde gewöhnlich von einem ziemlich eleganten Wesen begleitet, dessen Gesicht und Haltung mehr auf eine Vertraute und Gesellschaftsdame, als auf einen Dienstboten schließen ließen. Sie schien einsame Plätze aufzusuchen und setzte sich traurig wie eine Witwe nieder. Mitunter hielt sie in ihrer zerstreuten Hand ein Buch, in dem sie nie las.

Samuel hatte sie in der Gegend von Lyon gekannt, wo sie jung, heiter, tollend und noch dünner war. Während er sie ansah und sozusagen wiedererkannte, hatte er nach und nach all die Erinnerungen zurückgerufen, die sich ihm in seiner Fantasie verbanden; er hatte sich diesen Jugendroman in allen Einzelheiten wiedererzählt, der sich seither in der Geschäftigkeit seines Lebens und im Wirrsal seiner Leidenschaften verloren hatte.

An diesem Abend grüßte er sie, sorgfältiger aber und eingehender. Als er an ihr vorüberging, hörte er hinter sich diesen Fetzen eines Zwiegespräches:

»Wie finden Sie diesen jungen Mann, Marietta?« Aber sie sagte das so zerstreut, dass daraufhin der boshafteste Beobachter nichts gegen die Dame hätte sagen können.

»Ich finde, dass er sehr gut aussieht, gnädige Frau ... gnädige Frau wissen, dass es Herr Samuel Cramer ist?« Worauf sie strenger: »Woher wissen Sie denn das, Marietta?«

Darum beeilte sich Samuel am andern Morgen, ihr ihr Taschentuch und ihr Buch wiederzubringen, die er auf einer Bank fand und die sie nicht verloren hatte, da sie in der Nähe stand, zuschaute, wie Spatzen sich um Brotkrumen stritten, oder aussah, als beobachtete sie die innere Arbeit der Vegetation. Wie es denn häufig zwischen zwei Wesen geschieht, deren gemeinsames Geschick die Seelen in die gleichen Schwingungen versetzt, hatte er – indem er alsbald ungeschminkt zu sprechen begann – das außergewöhnliche Glück, einen Menschen zu finden, der bereit war, ihm zuzuhören und ihm zu antworten.

»Hatte ich das Glück, gnädige Frau, in einem Winkel Ihrer Erinnerung noch zu leben? Habe ich mich so verändert, dass Sie in mir nicht den Spielkameraden wieder erkennen können, mit dem Sie sich herabließen, Versteck zu spielen und hinter die Schule zu gehen?«

»Eine Frau«, antwortete die Dame mit halbem Lächeln, »hat nicht das Recht, jemanden wiederzuerkennen. Deshalb danke ich es Ihnen, mir als Erster die Möglichkeit gegeben zu haben, an diese schönen und heiteren Erinnerungen zurückzudenken ... und dann ... jedes Jahr unseres Lebens ist so voller Geschehnisse und Gedanken ... und ich glaube, es sind wirklich sehr viele Jahre her ...«

»Jahre«, antwortete Samuel, »die für mich bald langsam dahinschlichen, bald recht schnell entflogen, aber alle sehr grausam waren!«

»Und die Dichtkunst ...?«, fragte die Dame und lächelte mit den Augen.

»Gedeiht, gnädige Frau!«, antwortete lächelnd Samuel, »aber was lesen Sie denn da?«

»Einen Roman von Walter Scott.«

»Jetzt verstehe ich, warum Sie mich so häufig unterbrechen ... – Ach, welch langweiliger Schriftsteller! Ein verstaubter Ausgräber von Chroniken! Eine langweilige Anhäufung von Bric-à-Brac, ein Haufen Altwaren und Trödel aller Art: Waffen, Geschirre, Möbel, gotische

Kneipen und melodramatische Schlösser, in denen einige Aufziehpuppen spazieren laufen und mit Röcken und bunten Wämsern bekleidet sind, bekannte Typen, von denen kein achtzehnjähriger Plagiator in zehn Jahren noch etwas wird wissen wollen. Unmögliche Schlossfrauen, unvollkommene und unwahre Liebhaber; keine Wahrheit des Herzens; keine Philosophie der Gefühle! Welcher Unterschied gegen unsere guten französischen Romanciers, bei denen Leidenschaft und Gefühl immer den Sieg über die materielle Beschreibung der Gegenstände davon tragen! – Wie gleichgültig, ob die Schlossfrau in Fraise geht, Paniers oder einen Unterrock Oudinout trägt, wenn sie nur schluchzen und anständig verraten kann. Interessiert Sie der Liebhaber mehr, wenn er in seiner Weste einen Dolch anstatt einer Visitenkarte verbirgt, oder erregt ein Despot im Gehrock weniger poetisches Entsetzen als ein Tyrann in Rüstung und Eisen?«

Man sieht, Samuel verfiel wieder in den Fehler der »gründlichen« Leute, dieser unausstehlichen und leidenschaftlichen Menschen, bei denen der Beruf die Unterhaltung verdirbt und denen jede Gelegenheit zurechtkommt, selbst einer zufälligen Bekanntschaft bei einem Baum oder an einer Straßenecke, und wäre es die mit einem Lumpensammler, hartnäckig ihre Ideen auseinanderzusetzen. – Die Handlungsreisenden, Industriellen, Bürger, Makler und die »Gründlichen« unterscheiden sich nur durch die Reklame, die sie für ihre Versprechungen machen. Die Sünden der Letzten dienen freilich keinem persönlichen Interesse.

Auch erwiderte die Dame einfach: »Lieber Herr Samuel, ich bin nur Publikum, dies wird Ihnen zur Genüge sagen, dass meine Seele unschuldig ist. Auch ist für mich das Vergnügen eins der leicht beschaffbaren Dinge der Welt ... – aber sprechen wir von Ihnen, ich würde mich glücklich schätzen, wenn Sie mich für wert erachteten, einige Ihrer Werke zu lesen.«

»Aber gnädige Frau, wie ist es möglich?« ... fragte die große Eitelkeit des erstaunten Dichters.

»Mein Buchhändler sagt, dass er Sie nicht kennt.« Und sie lächelte sanft, als wollte sie die Wirkung ihrer kleinen Neckerei ausgleichen.

»Gnädige Frau«, erwiderte Samuel, der sich in Sentenzen gefiel, »das wahre Publikum des neunzehnten Jahrhunderts sind die Frauen; Ihre Wahl wird mir mehr Ruhm als die von zwanzig Akademikern einbringen.«

»Ausgezeichnet! Ich verlasse mich auf Ihr Versprechen. – Marietta, Schirm und Tuch! Man könnte sich zu Hause ängstigen. Sie wissen, dass der Herr früh nach Hause kommt.«

Sie nickte ihm einen kurzen graziösen Gruß zu, der nichts Kompromittierendes hatte und dessen Familiarität die Würde nicht ausschloss.

Samuel wunderte sich nicht, eine frühere Jugendliebe in den Fesseln der Ehe zu finden. Dies ist der übliche Verlauf in der Weltgeschichte des Gefühls. – Sie hieß Frau von Cosmelly und wohnte in einer der vornehmsten Straßen des Faubourg Saint-Germain.

Am nächsten Morgen fand er sie, den Kopf in graziöser und fast einstudierter Melancholie über ein Blumenbeet geneigt, und überreichte ihr seinen Band *Der Fischadler*, eine Sammlung von Sonetten, wie wir solche gedichtet und in der Zeit gelesen haben, da wir ein so kurzes Urteil und so lange Haare hatten. Samuel war sehr begierig zu erfahren, ob sein Fischadler die Seele seiner schönen Melancholischen bezaubert und ob die Schreie dieser hässlichen Vögel ihr zu seinen Gunsten gesprochen hatten, aber einige Tage später erklärte sie ihm mit verzweiflungsvoller Milde und Ehrlichkeit: »Ich bin nur eine Frau, und infolgedessen taugt meine Kritik nicht viel; aber mir scheint, dass die Trauer und die Liebe der Herren Autoren keineswegs der Trauer und der Liebe der anderen Menschen gleicht. Sie richten Schmeicheleien (sehr elegante gewiss und in köstlicher Auswahl) an Damen, die ich genügend schätze, um zu glauben, dass diese sie mitunter erschrecken müssen. Sie besingen die Schönheit der Mutter in einer Art, die sie der Liebe ihrer Töchter berauben muss. Sie versichern der Welt, dass Sie in die Füße und in die Hände von Frau Soundso verliebt sind, die, wie ich zu ihrer Ehre annehme, weniger Zeit damit verbringt, Sie zu lesen, als Strümpfe oder Handschuhe für die Füße und Hände ihrer Kinder zu stricken. Infolge eines der merkwürdigsten Kontraste, deren Ursache ich noch nicht erkannte, sparen Sie Ihren Weihrauch für jene merkwürdigen Kreaturen auf, die noch weniger lesen als die Damen, und Ihr schlagt platonisch vor den Königinnen der Straße Euer Rad, die, scheint mir, beim Anblick der zarten Person eines Dichters ebenso große Augen machen mögen wie Tiere, die in einer Feuersbrunst erwachen. Des Weiteren weiß ich nicht, warum Sie so sehr in die Dinge des Todes und die anatomischen Beschreibungen verliebt sind. Wenn man jung ist und wie Sie ein schönes Talent und alle Vorbedingungen zum Glück hat, erschiene es mir natürlicher, die Gesundheit und die Freude des ehrlichen Mannes zu besingen, als in Bannflüchen zu schwelgen und mit den Fischadlern zu plaudern.«

Er antwortete ihr folgendermaßen: »Gnädige Frau, bedauern Sie mich, oder besser, bedauern Sie uns; denn ich habe viele Brüder meiner Art; der Hass gegen alle und gegen uns selbst hat uns zu diesen Lügen gebracht. Aus Verzweiflung nicht edel und schön gemäß unserer natürlichen Mittel sein zu dürfen, haben wir unser Antlitz so seltsam geschminkt. Wir haben unser Herz so sehr zergliedert, haben es so tief im Mikroskop geschaut, um die scheußlichen Auswüchse und schmählichen Geschwüre zu betrachten, die es bedecken und die wir nach Lust vergrößern, dass es uns zur Unmöglichkeit wurde, die Sprache der anderen Menschen zu sprechen. Sie leben um zu leben, wir aber leben um zu wissen. Das ist das ganze Geheimnis. Das Alter verändert nur die Stimme und macht nur Haare und Zähne welken; wir haben die Sprache der Natur verändert, wir haben nach und nach die jungfräuliche Scham abgetötet, die in uns als in ehrlichen Männern wucherte. Wir haben wie Wahnsinnige psychologiert, die ihren Wahnsinn vermehren, indem sie sich bemühen, ihn zu verstehen. Die Jahre machen nur die Glieder krank. Wie haben die Leidenschaften entstellt. Wehe, dreimal wehe den schlechten Vätern, die uns rachitisch und halb machten, selbst verflucht, nur Totgeburten zu gebären!«

»Noch immer Fischadler!«, antwortete sie, »kommen Sie, geben Sie mir Ihren Arm und bewundern wir diese armen Blumen, die das Frühjahr so glücklich macht.«

Anstatt die Blumen zu bewundern, begann Samuel Cramer, mit dem nun Sätze und Perioden durchgingen, einige schlechte Stanzen seiner ersten Epoche in Prosa zu übersetzen und aufzusagen. Die Dame ließ es geschehen.

»Welch ein Unterschied und wie wenig verbleibt von einem Menschen außer der Erinnerung! Aber die Erinnerung ist nur ein neues Leid. Welch schöne Zeit, wo der Morgen niemals die von der Müdigkeit und dem Traum zerschlagenen und matten Glieder erweckte, wo unsere hellen Augen der ganzen Natur zulächelten; wo unsere Seele nicht wachte, wo sie aber lebte und genoss; wo unsere Seufzer leise, ohne Lärm und Ehrgeiz verhauchten: Wie oft in den Ruhestunden der Erinnerung sah ich einen jener schönen Herbstabende wieder, in denen die jungen Seelen gleich Bäumen jäh um vieles wachsen. Dann sehe, fühle, höre ich; der Mond weckt die großen Schmetterlinge; der heiße Wind öffnet die Nachtviole; das Wasser in den großen Springbrunnen entschlummert ... Hören Sie im Geiste die plötzlichen Walzer dieses geheimnisvollen Klaviers. Die Parfüms des Gewitters schweben durch das Fenster; es ist die Stunde, da die Gärten voll rosa und weißer Kleider sind, die sich nicht fürchten nass zu werden. Die gefälligen Sträucher packen die fliehenden Röcke, die braunen Haare und die blonden Locken mischen sich im Wirbel! ... –

Entsinnen Sie sich noch, gnädige Frau, der ungeheueren Heuhaufen, die man so schnell heruntergleiten konnte, der alten Amme, die so langsam nur nachlaufen konnte, und der Glocke, die Sie so schnell unter die Augen Ihrer Tante in das große Esszimmer zurückrief?«

Frau von Cosmelly unterbrach Samuel mit einem Seufzer, wollte den Mund öffnen, zweifellos ihn bitten aufzuhören, aber schon sprach er weiter: »Was das Schmerzlichste ist«, sagte er, »ist, dass jede Liebe ein schlechtes Ende nimmt, um so schlechter, je göttlicher, beschwingter sie in ihrem Anfang war. Es gibt keinen Traum, kein Ideal, das man nicht mit einem Säugling an der Brust wiederfände; es gibt kein Asyl, keine so köstliche und unbekannte Hütte, die die Axt nicht einzureißen käme. Dabei ist diese Vernichtung ganz materiell. Es gibt eine andere unbarmherzigere und geheimnisvollere, die die unsichtbaren Dinge packt. Stellen Sie sich vor, dass in dem Augenblick, wo Sie sich an das Wesen Ihrer Wahl lehnen und ihm zuflüstern: ›Fliegen wir zusammen auf und suchen wir den Grund des Himmels!‹ eine keusche und ernst Stimme sich zu Ihrem Ohr niederbeugt, um Ihnen zu sagen, dass unsere Leidenschaften verlogen sind, wir aus Kurzsichtigkeit nur schöne Gesichter sehen und aus Unkenntnis schöne Seelen, und dass unumgänglich ein Tag kommen wird, an dem für den klaren Blick das Idol nur noch ein Gegenstand wenn nicht des Hasses so doch der Verachtung und des Erstaunens bleibt!«

»Erbarmen Sie sich«, sagte Frau von Cosmelly. Sie war zugleich gerührt; Samuel hatte bemerkt, dass er eine alte Wunde berührt hatte, und gab grausam darum nicht nach.

»Gnädige Frau«, fuhr er fort, »die heilsamen Leiden der Erinnerung haben ihren Reiz, und in diesem Schmerzensrausch findet man zuweilen Erleichterung ... Bei solcher tödlichen Feststellung würden alle ehrlichen Seelen rufen: ›Mein Gott, hebe mich fort von hier mit meinem reinen und unberührten Traum: Ich will der Natur meine Leidenschaften in all ihrer Jungfräulichkeit wiedergeben und meinen unverwelkten Kranz anderswohin tragen.‹ – Im Übrigen sind die Folgen der Enttäuschung schrecklich. Die kränklichen Kinder, die einer sterbenden Liebe entstammen, sind traurige Ausschweifung und hässliche Ohnmacht: Ausschweifung des Geistes, Ohnmacht des Herzens, die es bewirken, dass der eine nur noch aus Neugier lebt und der andere täglich aus Überdruss stirbt. Wir gleichen mehr oder weniger dem einsamen Reisenden, der ein sehr großes Land durchreisen muss und jeden Abend sieht, wie die Sonne, die einstmals herrlich die Schönheiten der Straße vergoldete, hinter einem flachen Horizont untergeht. Er lässt sich resigniert auf schmutzigen Hügeln nieder, die voll unbekannter Schlacken liegen, und spricht zu den Gerüchen der Farne, dass sie umsonst zum anderen Himmel aufsteigen; zu den seltenen und unglücklichen Samenkörnern, dass sie umsonst in einem ausgetrockneten Boden wachen; den Vögeln, die glauben, dass ihre Ehe von irgendwem gesegnet ist, dass sie unrecht haben, Nester in einer von heftigen und kalten Winden gefegten Gegend zu erbauen. Traurig geht er seinen Weg in eine Wüste weiter, die er der gleich weiß, die er eben durchlaufen hat, verfolgt von einem bleichen Gespenst, das man Vernunft heißt; das mit einer blassen Laterne die Stumpfheit seines Weges erleuchtet, und das um seinen von Zeit zu Zeit wieder aufbrennenden Durst nach Leidenschaft zu löschen, ihm das Gift der Langeweile einträufelt.«

Plötzlich hörte er einen tiefen Seufzer und ein schlecht unterdrücktes Aufschluchzen und wandte seine Augen zu Frau von Cosmelly: Sie weinte stark und hatte nicht einmal mehr die Kraft, ihre Tränen zu verbergen.

Er betrachtete sie ein Weilchen schweigsam mit dem gerührtesten und sanftesten Gesicht, das er machen konnte. Der brutale und scheinheilige Komödiant war stolz auf diese schönen Tränen: Er betrachtete sie als sein Werk und sein literarisches Eigentum. Er irrte sich über den letzten Sinn dieses Schmerzes ebenso wie Frau von Cosmelly, in diese sanfte Verzweiflung getaucht, sich in dem Sinn seines Blickes irrte. Zum Beschluss dieses merkwürdigen Spieles von Missverständnissen streckte ihr Samuel Cramer entschlossen beide Hände hin, die sie in zärtlichem Vertrauen ergriff.

»Gnädige Frau«, fuhr Samuel nach einigen Augenblicken des Schweigens – klassischem Schweigen der Erschütterung – fort, »die wahre Weisheit besteht weniger im Verfluchen als im Hoffen. Wie könnten wir ohne das ganz göttliche Geschenk der Hoffnung diese grausame Wüste der Langeweile durchlaufen, die ich Ihnen soeben beschrieb? Das Gespenst, das uns begleitet, ist wirklich ein Verstandesgespenst: Man kann es vertreiben, wenn man es mit dem Weihwasser der ersten theologischen Tugend besprengt. Es gibt eine freundliche Philosophie, die Trost aus den anscheinend unwürdigsten Gegenständen zu schöpfen vermag. Ebenso wie die Tugend mehr wert ist als die Unschuld und mehr Verdienst darin liegt, eine Wüste zu befruchten als sorglos in einem üppigen Garten zu stapfen, ebenso ist es einer auserwählten Seele wirklich würdig, sich zu läutern und durch ihre Berührung den Nächsten zu läutern. Da es keinen Verrat gibt, den man nicht verzeiht, kein Vergehen, für das es keine Absolution gäbe, kein Vergessen, das man nicht ausfüllen könnte, gibt es eine Kunst, den Nächsten zu lieben und ihn angenehm zu lieben, wie es eine Lebenskunst gibt. Je zarter ein Geist ist, um so eigentümlichere Schönheiten wird er entdecken; je zärtlicher und geöffneter für die göttliche Hoffnung eine Seele ist, um so mehr Grund zur Liebe findet sie in jeder andern, so beschmutzt sie auch sein möge; dies ist der Barmherzigkeit Werk, und man sah mehr denn eine in den trocknen Wüsten der Enttäuschung verzweifelte und verlorene Wanderin ihren Glauben wiederfinden und das, was sie verloren hatte, stärker lieben. Und dies mit um so mehr Recht, als sie nun die Kunst versteht, ihre Leidenschaft und die der geliebten Person zu lenken.«

Das Antlitz Frau von Cosmellys hatte sich nach und nach aufgeklärt, ihre Traurigkeit erstrahlte von Hoffnung wie eine Sonne hinter Wolken und kaum hatte Samuel geendet, als sie lebhaft und in der naiven Heftigkeit eines Kindes sagte: »Ist das wirklich möglich, und gibt es für Verzweifelnde Äste, die so leicht zu greifen sind?«

»Gewiss, gnädige Frau.«

»Ach, Sie würden mich zur glücklichsten der Frauen machen, wenn Sie mich dieses Hilfsmittel lehren wollten!«

»Nichts leichter als das«, erwiderte er brutal.

Während dieses sentimentalen Geredes hatte das Vertrauen sich eingefunden und in der Tat die Hände der beiden Personen vereint; so gut, dass nach einigem Zögern und einigen Prüderien, die Samuel von guter Vorbedeutung erschienen, Frau von Cosmelly ihrerseits ein Geständnis machte und solchermaßen sprach:

»Ich verstehe, wie eine poetische Seele durch die Vereinsamung leiden muss; aber Ihre Schmerzen, die nur Ihnen gehören, kommen, wie ich es aus dem Pomp Ihrer Worte zu verstehen meinte, aus merkwürdigen, immer unbefriedigten und fast unbefriedigbaren Wünschen. Es ist wahr, dass Sie leiden; aber es ist möglich, dass Ihr Leid Ihnen die Größe gibt, die Ihnen ebenso notwendig ist, wie andern das Glück. – Werden Sie nun mir zuhören wollen und an leichter verständlichem Kummer Anteil nehmen ... einem Provinzkummer? Von Ihnen, Herr Cramer, von Ihnen, dem weisen und geistvollen, erwarte ich Ratschläge und vielleicht die Hilfe eines Freundes.«

»Sie wissen, dass ich in der Zeit, in der Sie mich kannten, ein liebes kleines Mädchen war, ein wenig träumerisch schon wie Sie, aber schüchtern und sehr gehorsam; – dass ich weniger oft in den Spiegel schaute als Sie, und dass ich immer zögerte, Pfirsiche und Weintrauben zu essen oder einzustecken, die Sie kühn für mich aus den Obstgärten der Nachbarn stahlen. Nie fand ich an etwas ein angenehmes und vollkommenes Vergnügen, wenn es nicht erlaubt war, und ich umarmte einen hübschen Jungen wie Sie lieber vor meiner alten Tante als inmitten der Felder. Die Koketterie und Sorgfalt, die jedes heiratsfähige Mädchen an ihre Person wenden muss, kam mir erst spät. Als ich einigermaßen ein Lied am Klavier singen konnte, hat man mich gewählter gekleidet, mich gezwungen, gerade zu gehen, mir Turnunterricht gegeben und mir verboten, mir die Hände durch Blumenpflanzen oder Vogelnesterausheben zu verderben. Ich durfte nur Backfischromane lesen und wurde aufgeputzt in das Theater geführt, um schlechte Opern zu sehen. Als Herr von Cosmelly zu uns ins Schloss kam, empfand ich zuerst lebhafte Freundschaft für ihn; wenn ich seine blühende Jugend mit dem ein wenig mürrischen Alter meiner Tante verglich, fand ich überdies, dass er vornehm und ehrlich aussah; und er war mit mir von der respektvollsten Galanterie. Dann erzählte man ihm die schönsten Züge nach; von einem Arm, den er im Duell für einen ein wenig feigen Freund sich hatte zerschmettern lassen, der ihm die Ehre seiner Schwester anvertraut hatte, von riesigen Summen, die er alten Kameraden ohne Vermögen geliehen hatte; was weiß ich? Er hatte aller Welt gegenüber etwas zugleich liebenswürdig und unwiderstehlich Befehlendes, was mich selbst zähmte. Wie hatte er gelebt, ehe er zu uns ins Schloss kam, hatte er andere Freuden gekannt als die, mit mir auf die Jagd zu gehen oder mit mir auf meinem schlechten Klavier tugendhafte Romanzen zu singen? Hatte er Mätressen gehabt? Ich wusste es nicht und dachte nicht daran, mich zu erkundigen. Ich begann ihn mit der ganzen Gläubigkeit eines jungen Mädchens, das keine Gelegenheit zu Vergleichen hatte, zu lieben, und ich heiratete ihn ... was meiner Tante die allergrößte Freude machte. Als ich vor Gott und den Menschen seine Frau war, liebte ich ihn noch inniger, wahrscheinlich liebte ich ihn viel zu sehr. – Hatte ich unrecht? Hatte ich recht? Wer weiß es? Ich war glücklich in dieser Liebe. Ich hatte unrecht, nicht zu wissen, dass sie gestört werden könnte. Kannte ich ihn wirklich, bevor ich ihn heiratete? Nein, gewiss nicht; aber ich glaube, dass man ein anständiges Mädchen, das heiraten will, nicht stärker anklagen darf, eine unvorsichtige Wahl getroffen zu haben, als eine verlorene Frau, einen unwürdigen Liebhaber genommen zu haben. Beide – ach wir Unglücklichen – sind gleich unwissend; den unglücklichen Opfern, die man heiratsfähige Mädchen nennt, fehlt eine schamlose Erziehung, ich meine die Kenntnis der männlichen Laster. Ich wollte, dass jede dieser armen Kleinen, ehe sie in die Ehe tritt, von einem versteckten Ort aus ungesehen zwei Männern zuhören könnte, die unter sich über die Dinge des Lebens und hauptsächlich über die Frauen reden. Nach dieser ersten und gefährlichen Probe könnte sie sich gefahrloser den schrecklichen Chancen einer Ehe aussetzen, da sie die guten und schlechten Seiten ihres zukünftigen Tyrannen kennt.«

Samuel wusste nicht, wo hinaus dieses reizende Opfer wollte. Aber er begann zu empfinden, dass sie als enttäuschtes Opfer viel zu viel von ihrem Mann sprach.

Nach einer Pause von wenigen Minuten, als fürchtete sie, den Ort der Trauer zu betreten, fuhr sie also fort: »Eines Tages wollte Herr von Cosmelly nach Paris zurückkehren. Ich sollte auf einem Jour glänzen und gemäß meinen Verdiensten gerühmt werden. Eine schöne und kluge Frau, sagte er, gehört nach Paris. Sie muss es verstehen, ihre Rolle in der großen Welt zu spielen und einige ihrer Strahlen auf ihren Mann zurückfallen lassen ... Eine Frau von edlem Geist und klugem Verstand weiß, dass sie hienieden keinen Ruhm zu erwarten hat, insofern sie nicht an dem Ruhm ihres Reisegefährten teilnimmt, dass sie den Tugenden ihres Mannes dient und dass sie vor allen Dingen nur so viel Achtung erhält, wie sie ihn achten lässt. – Gewiss, es war das einfachste und sicherste Mittel, um mich fast freudig gehorchen zu machen; zu wissen, dass meine Anstrengungen und mein Gehorsam mich in seinen Augen verschönen würden, war mehr als es bedurft hätte, um mich zu bestimmen, nach diesem schrecklichen Paris zu reisen, das ich instinktiv fürchtete und dessen schwarzes und strahlendes am Horizont meiner Träume aufgerichtetes Gespenst mein armes bräutliches Herz erzittern machte. Dies also war der eigentliche Grund zu unserer Reise. Die Eitelkeit eines Gatten macht die Tugend einer verliebten Frau. Vielleicht redete er es sich selbst bis zu einem gewissen Grade gutgläubig ein und betrog, ohne es sehr zu merken, sein Gewissen. – In Paris gaben wir Empfangstage, die für die intimen Freunde reserviert waren, die Herrn von Cosmelly auf die Dauer ebenso langweilten, wie seine Frau ihn gelangweilt hatte. Vielleicht hatte er sie ein wenig über bekommen, weil sie ihn zu sehr liebte: Denn sie verriet ihr ganzes Herz. Seine Freunde wurden ihm aus dem entgegengesetzten Grunde über. Sie hatten ihm nichts zu bieten als die eintönigen Vergnügen einer Unterhaltung, an der die Leidenschaft keinen Anteil nimmt. Von Stund an beschritt sein Lebensdrang einen anderen Weg. Den Freunden folgten Pferde und Spiel, das Brausen der Welt, der Anblick derer, die ohne Kette geblieben waren, die ihn unaufhörlich an eine tolle und volle Jugend erinnerten, entrissen ihn dem häuslichen Herd und den langen Plauderstunden. Er, der nie andere Geschäfte als die seines Herzens gehabt hatte, hatte plötzlich Geschäfte. Reich und berufslos verstand er es, sich eine Fülle bewegender und frivoler Beschäftigungen zu verschaffen, die seine ganze Zeit ausfüllten; die ehelichen Fragen: ›Wohin gehst Du, wann sehe ich Dich wieder, komm bald wieder!‹ musste ich in meiner Brust verschließen; denn das englische Leben, – dieser Mord des Herzens – das Leben in Klubs, Cercles, nahm ihn ganz in Anspruch. – Die ausschließliche Pflege seiner Person, der Dandyismus, dem er sich hingab, regten mich erst auf; es war klar, dass sie nicht mir galten. Ich wollte es wie er machen, schöner werden, das heißt kokett, kokett ihm gegenüber, wie er es gegenüber der Welt war; früher bot ich alles, gab ich alles, nun wollte ich mich bitten lassen. Ich wollte die Asche meines erloschenen Glückes beleben, indem ich sie durchwühlte und umwandte; aber es scheint, dass ich sehr ungeschickt zur Verstellung und linkisch für das Laster bin: Er geruhte nicht, es zu bemerken ... Meine Tante, grausam wie alle alten und neidischen Frauen, die ein Schauspiel betrachten müssen, in dem sie früher mitspielten, und den Freuden zusehen sollen, die man ihnen versagt, hatte nichts Eiligeres zu tun, als mich durch die Vermittlung eines Vetters des Herrn von Cosmelly wissen zu lassen, dass er sich in eine Schauspielerin verliebt habe, die sehr en vogue war. Ich ließ mich in alle Theater führen, und bei jeder etwas schöneren Frau, die ich auftreten sah, zitterte ich davor, in ihr meine Rivalin zu bewundern. Endlich erfuhr ich, dank desselben Vetters, dass es die Fanfarlo war, eine ebenso dumme wie schöne Tänzerin. Sie als Dichter kennen sie gewiss. – Ich bin weder sehr eitel noch sehr stolz auf mein Gesicht, aber ich schwöre Ihnen, Herr Cramer, dass ich oft in der Nacht gegen drei oder vier Uhr morgens müde, meinen Mann zu erwarten, mit von Tränen und Schlaflosigkeit geröteten Augen nach langen und flehentlichen Gebeten um seine Rückkehr zu Treu und Pflicht, Gott, mein Gewissen und meinen Spiegel gefragt habe, ob ich nicht ebenso schön wäre wie diese elende Fanfarlo. Mein Spiegel und mein Gewissen haben mir geantwortet: Ja. Gott hat mir verboten, stolz darauf zu sein, aber nicht, daraus einen legitimen Sieg zu ziehen. Warum bevorzugen unter zwei gleichen Schönheiten die Männer so oft die Blume, an der alle Welt gerochen hat, vor der, die sich immer in den dunkelsten Gängen des ehelichen Gartens vor den Passanten behütet hat? Warum besitzen denn diese Frauen, die ihren Körper verschwenden, jenen Schatz, zu dem nur ein Sultan den Schlüssel haben soll, mehr Anbeter als wir anderen, die unglücklichen Märtyrerinnen einer einzigen Liebe? Mit welchem magischen Zauber vergoldet das Laster gewisse Kreaturen? Welch linkisches und abstoßendes Aussehen gibt gewissen anderen ihre Tugend? Antworten Sie mir, der aus Beruf alle Gefühle des Lebens und alle ihre Ursachen kennen muss.«

Samuel hatte keine Zeit zu antworten, denn sie fuhr leidenschaftlich fort: »Herr von Cosmelly hat ein sehr schwer belastetes Gewissen, wenn Gott vom Verderbnis einer jungen und jungfräulichen Seele gerührt wird, die er zum Glück eines anderen erschuf. Wenn Herr von Cosmelly heute Abend stürbe, würde er für vieles um Verzeihung bitten müssen; denn er hat durch seine Verfehlung seine Frau hässliche Gefühle gelehrt, den Hass, das Misstrauen dem geliebten Wesen gegenüber und den Durst nach Rache. Ach! Ich verbringe recht schmerzliche Nächte, liege schlaflos und in Angst: Ich bete, ich verfluche, ich lästere. Der Priester sagt, dass man sein Leid in Demut tragen soll; aber aufgestörte Liebe, erschüttertes Vertrauen können nicht demütig sein. Mein Beichtiger ist keine Frau, und ich liebe meinen Gatten; ich liebe ihn mit der ganzen Leidenschaft und dem ganzen Schmerz einer geschlagenen und mit Füßen getretenen Geliebten. Nichts ließ ich unversucht. Statt der dunklen und einfachen Kleider, die seinem Blick früher gefielen, habe ich kostbare und auffällige Toiletten wie Schauspielerinnen getragen. Ich, die keusche Gattin, die er aus einem armen Landschloss sich geholt hatte, habe vor ihm in Dirnenkleidern paradiert; ich spielte die Geistreiche und Durchtriebene, den Tod im Herzen. Ich habe meine Verzweiflung mit blinkendem Lächeln bestickt, er hat es nicht gemerkt. Ich habe rot aufgelegt, Herr Cramer, ich habe rot aufgelegt! – Sie sehen, es ist eine banale Geschichte, die Geschichte einer Unglücklichen ... ein Provinzroman.«

Während sie schluchzte, machte Samuel das Gesicht Tartüffs, den Orgon, der unerwartete Gatte, aus seinem Versteck brechend beim Kragen packt, da die tugendhaften Tränen dieser Dame ihrem Herzen entströmten und die strauchelnde Scheinheiligkeit unseres Dichters beim Kragen packten.

Die äußerste Hingabe, die Freimütigkeit und das Vertrauen Frau von Cosmellys hatten ihn sehr mutig gemacht – ohne ihn zu erstaunen. Samuel Cramer, der die Welt oft in Erstaunen setzte, erstaunte selbst niemals. Er schien in seinem Leben diesen Gedanken Diderots in Praxis umsetzen und als wahr beweisen zu wollen: »Der Unglaube ist mitunter der Fehler eines Toren und der Glaube der Fehler eines geistvollen Menschen. Der geistvolle Mensch blickt tief in das Unendliche der Möglichkeiten, der Tor hält nur das für möglich, was ist. Vielleicht macht das den einen zaghaft, waghalsig den andern.« Dies beantwortet alles.

Einige gewissenhafte und wahrheitsliebende Leser werden sicher gegen diese Geschichte mancherlei einzuwenden haben, in der ich indessen keine andere Aufgabe hatte, als die Namen zu verändern und die Einzelheiten zu unterstreichen. »Wie ist es möglich«, werden sie sagen, »dass Samuel, ein Dichter von schlechtem Ton und schlechten Sitten, so schnell einer Frau, wie Frau von Cosmelly, sich nähern kann? Sie gelegentlich eines Romans von Scott mit einem Gießbach romantischer und banaler Poesie überschüttet? Frau von Cosmelly, die zurückhaltende und tugendhafte Gattin ebenso schnell ohne Scham und Misstrauen vor ihm das Geheimnis ihres Kummers ausbreitet?« Denen antworte ich, dass Frau von Cosmelly einfach wie eine schöne Seele war und Samuel kühn wie die Schmetterlinge, die Maikäfer und die Dichter: Er warf sich in alle Flammen und drang durch alle Fenster ein. Der Gedanke Diderots erklärt, warum die eine so verlassen, der andere so brüsk und so schamlos war. Er erklärt auch alle Dummheiten, die Samuel in seinem Leben beging, Dummheiten, die ein Dummkopf nicht begangen hätte. Der Teil des Publikums, der vorwiegend zaghaft ist, wird Samuels Persönlichkeit nicht begreifen, der vorwiegend gläubig und so fantasievoll war, dass er als Dichter an sein Publikum, als Mann an seine eigenen Leidenschaften glaubte.

In diesem Augenblick erkannte er, dass diese Frau viel stärker und schwerer zugänglich war, als sie aussah, und dass man diese kostbare Frömmigkeit nicht vor den Kopf stoßen durfte. Er betete ihr von Neuem seinen romantischen Jargon vor. Da er sich schämte, dumm gewesen zu sein, wollte er gerissen sein. Er erzählte ihr noch eine Weile lang in Seminaristenphrasen von Wunden, die man schließen oder ausbrennen müsste, indem man neue Wunden öffnete, die reichlich und schmerzlos bluteten. Wer immer, ohne die große Kraft eines Valmont oder Lovelace in sich zu spüren, eine anständige Frau besitzen wollte, der gar nichts daran lag, weiß, mit welcher lächerlichen und großartigen Linkischkeit jeder sein Herz zeigt und sagt: »Nehmen Sie es hin!« Dies also entbindet mich, Ihnen auseinanderzusetzen, wie Samuel sich benahm. –

Frau von Cosmelly, diese liebenswürdige Elmire, die den scharfen und vorsichtigen Blick der Tugend hatte, erkannte alsbald den Nutzen, den sie aus diesem Neuling in Schurkerei für ihr Glück und für die Ehre ihres Mannes ziehen konnte. Sie zahlte ihm also mit gleicher Münze, ließ sich die Hände drücken, man sprach von Freundschaft und platonischen Dingen. Sie murmelte das Wort Rache. Sie sagte, dass man in den schmerzhaften Krisen eines Frauenlebens gern dem Rächer den Rest des Herzens schenken wollte, den der Treulose einem noch gelassen – und ähnliche dramatische Albernheiten und Torheiten. Kurz, sie gab sich für den guten Zweck kokett; und unser junger Wüstling, der tollpatschiger war als ein Gelehrter, versprach, die Fanfarlo Herrn von Cosmelly zu entreißen, ihm die Kurtisane abzunehmen – hoffend, in den Armen dieser anständigen Frau die Belohnung für dieses verdienstvolle Werk zu finden. – Nur Dichter sind treuherzig genug, sich solche Ungeheuerlichkeiten auszudenken.

Eine ziemlich komische Einzelheit dieser Geschichte, die gleichsam ein Intermezzo in dem schmerzlichen Drama darstellt, das sich zwischen den vier Personen abspielen sollte, war eine Verwechslung, die Samuel mit seinen Sonetten unterlief – denn in Sonetten war er unverbesserlich. Das eine war an Frau von Cosmelly gerichtet und lobte in einem mystischen Stil ihre beatrizische Schönheit, ihre Stimme, die englische Reinheit ihrer Augen, die Keuschheit ihres Ganges usw. ...; das andere war an die Fanfarlo gerichtet, und er setzte ihr darin ein Ragout von so gepfefferten Schmeicheleien vor, dass das Blut der Erfahrensten zu Kopfe steigen konnte, eine Art Poesie übrigens, in der er Meister war und von Anfang an alle übertroffen hatte. Das erste Sonett kam zur Fanfarlo, die diesen Gurkensalat in eine Zigarrenkiste stopfte; das zweite zu der armen Verlassenen – die zuerst große Augen machte, endlich verstand und trotz ihrer Schmerzen einen Lachanfall wie in ihren besten Zeiten bekam.

Samuel ging ins Theater und studierte die Fanfarlo auf den Brettern. Er fand sie großartig, kraftvoll, äußerst geschmackvoll aufgemacht und schätzte Herrn von Cosmelly sehr glücklich, sich für ein solches Stück ruinieren zu dürfen.

Er sprach zweimal bei ihr vor. Sie bewohnte ein Häuschen mit läuferbelegten Treppen, voll von Portieren und Teppichen, in einem neuen und grünen Viertel, aber er fand keinen vernünftigen Vorwand, sich einzuführen. Eine Liebeserklärung war etwas durchaus Unnötiges und sogar Gefährliches. Ein Korb hätte es ihm unmöglich gemacht, wieder hinzugehen. Er wollte sich ihr vorstellen lassen, aber die Fanfarlo verkehrte mit niemandem. Einige Freunde nur sahen sie von Zeit zu Zeit. Was konnte er einer hervorragend ausgestatteten und ausgehaltenen und von ihrem Liebhaber angebeteten Tänzerin sagen oder ausrichten? Was konnte er ihr bringen, der weder Schneider noch Schneiderin, noch Ballettmeister, noch Millionär war? – Er fasste einen einfachen und brutalen Plan. Die Fanfarlo musste zu ihm kommen. Damals hatten die lobenden Artikel und Kritiken viel mehr

Wert als heutzutage. Die Leichtfertigkeit im Feuilleton war, wie kürzlich ein Advokat in einem traurig berühmten Prozess sagte, weitaus größer als heute; da einige Talente mitunter vor den Journalisten kapitulierten, kannte die Unverschämtheit dieser tollen und abenteuerlichen Jugend keine Grenzen mehr. So entschloss sich Samuel, welcher nichts von Musik verstand, das Referat über die Singspieltheater zu übernehmen. Von Stund an würde die Fanfarlo wöchentlich unter dem Strich einer wichtigen Zeitung heruntergerissen. Man konnte nicht behaupten oder auch nur andeuten, dass sie schlechte Beine, Fesseln oder Knie gehabt hätte, die Muskeln spielten unter dem Strumpf, und alle Operngucker hätten Lästerung geschrien. Sie wurde angeklagt, brutal, gemein, geschmacklos zu sein, deutsche und komische Sitten auf das Theater bringen zu wollen, Kastagnetten, Sporen, Schuhabsätze – abgesehen davon, dass sie wie ein Grenadier soff, kleine Hunde und die Tochter ihrer Portierfrau zu sehr liebte, und andere schmutzige Wäsche aus ihrem Privatleben, die das tägliche Fressen gewisser Winkelblätter sind. Man stellte ihr mit jener den Journalisten eigenen Taktik, die darin besteht, entgegengesetzte Dinge zu vergleichen, eine ätherische, immer weiß gekleidete Tänzerin gegenüber, deren keusche Bewegungen kein Gewissen beunruhigten. Mitunter schrie und lachte die Fanfarlo laut ins Parkett, wenn sie einen Satz auf der Bühne beendete. Sie wagte es, im Tanz zu gehen. Sie trug niemals die blöden Gazekleider, die alles sehen und nichts erraten lassen. Sie liebte lärmende Stoffe, lange, krachende Pailletten und metallbesäte Röcke, die man mit kräftigem Knie sehr hoch heben muss, und Seiltänzermieder; sie tanzte nicht in Locken, sondern mit Ohrgehängen, ich möchte beinahe sagen mit Lüstern. Am liebsten hätte sie an ihrem Rocksaum einen Haufen kleiner komischer Puppen angenäht, wie es die alten Zigeunerinnen tun, die dir drohend die Zukunft prophezeien, und die man mittags unter den Bogen romanischer Ruinen findet; alles Späße, für die der romantische Samuel, einer der letzten Romantiker, die Frankreich besitzt, stark schwärmte.

Nachdem er nun drei Monate hindurch die Fanfarlo heruntergerissen hatte, verliebte er sich toll in sie, und sie wollte endlich wissen, wer das Ungeheuer, der hartherzige Kerl, der Pedant, der Kleingeist sei, der so hartnäckig das Königliche ihres Genies leugnete.

Man muss der Fanfarlo zugestehen, dass sie nur einen Anfall von Neugierde hatte, nichts weiter. Hatte ein solcher Mensch wirklich eine Nase mitten im Gesicht und war er ganz und gar wie seine übrigen Mitmenschen geformt? Als sie sich zwei- oder dreimal nach Samuel

Cramer erkundigt und erfahren hatte, dass er ein Mensch wie ein anderer und von etlichem Verstand und etlichem Talent war, begann sie zu ahnen, dass etwas dahinter steckte und dass diese schrecklichen Montagsartikel sehr wohl nur eine besondere Art wöchentliche Buketts oder die Visitenkarte eines hartnäckigen Bittstellers bedeuten könnten.

Sie empfing ihn eines Abends in ihrer Garderobe. Zwei große Kerzen und ein breites Kaminfeuer ließen ihr Licht über die bunten Kostüme tanzen, die im Boudoir herumlagen.

Die Königin des Ortes kleidete sich im Augenblick, wo sie das Theater verließ, wie eine gewöhnliche Sterbliche um und zog, auf einem Stuhl hockend, ohne Scham Schuhe über ihre köstlichen Füße. Ihre langen und weichen Hände ließen die Senkel wie ein schnelles Schiffchen durch die Ösen gleiten, und es fiel ihr nicht ein, den Rock herunterzuschlagen. Für Samuel Cramer bedeutete dieses Bein schon den Gegenstand einer ewigen Sehnsucht. Lang, schmal, stark, rund und nervös zugleich, war es fehlerlos schön und hatte doch den pikanten Reiz des Hübschen, und im Vertikalschnitt an der breitesten Stelle hätte dieses Bein eine Art Dreieck ergeben, dessen Spitze auf dem Schienbein geruht und dessen gerundete Wadenlinie die konvexe Basis ergeben hätte. Ein schönes Männerbein ist zu hart, die von Deveria gezeichneten Frauenbeine sind zu weich, um sie zum Vergleich heranzuziehen. In dieser angenehmen Stellung gab ihr zu den Füßen niedergebeugter Kopf eine römisch breite und kräftige Nackenlinie frei und ließ die braunen und üppigen Schultern erraten. Die schweren und dichten Haare fielen an beiden Seiten nach vorn, kitzelten ihr die Brust und kamen ihr in die Augen, sodass sie sie jeden Augenblick wieder nach hinten werfen musste. Eine spielerische und reizende Ungeduld wie die eines verwöhnten Kindes, dem es nicht schnell genug geht, bewegte das ganze Geschöpf und seine Kleidung und enthüllte jeden Augenblick neue Reize, neue Linien und Farbenwirkungen.

Samuel blieb respektvoll stehen, – oder tat so, als ob er respektvoll stehen bliebe; denn bei diesem Teufel von Mann ist es immer die große Frage, wo der Schauspieler anfängt.

»Ach, da sind Sie«, rief sie ihm zu, ohne sich stören zu lassen, obschon man ihr vor einigen Minuten den Besuch Samuels angemeldet hatte, »Sie wollen etwas von mir, nicht wahr?«

Die göttliche Unverschämtheit dieses Satzes traf den armen Samuel mitten ins Herz. Er hatte wie eine romantische Elster acht Tage lang bei Frau von Cosmelly geschwatzt. Hier antwortete er ruhig: »Jawohl, gnädige Frau.«

Die Tränen traten ihm in die Augen, und das hatte einen ungeheueren Erfolg. Die Fanfarlo lächelte. »Aber welche Tarantel hat Sie denn gestochen, dass Sie mich so abscheulich herunterreißen? Welch schrecklicher Beruf ...«

»Schrecklich in der Tat, gnädige Frau, ich bete Sie nämlich an.«

»Ich ahnte es«, antwortete die Fanfarlo, »aber Sie sind ein Ungeheuer. Diese Taktik ist abscheulich. Wir armen Mädchen!«, fügte sie lächelnd hinzu. – »Flore, mein Armband ... – Reichen Sie mir Ihren Arm bis zum Wagen, und erzählen Sie mir, ob Sie mich heute Abend gut gefunden haben?« So gingen sie eingehakt wie alte Freunde. Samuel liebte oder fühlte wenigstens sein Herz stark klopfen. Er benahm sich vielleicht merkwürdig, aber eins ist sicher, lächerlich war es dieses Mal nicht.

In seiner Freude vergaß er fast, Frau von Cosmelly davon zu unterrichten, dass er Erfolg gehabt hatte, um so eine Hoffnung in die verlassene Häuslichkeit zu tragen.

Einige Tage später spielte die Fanfarlo die Rolle Colombines in einer großen, von geistvollen Leuten für sie gedichteten Pantomime. Sie trat in einer angenehmen Folge von Verwandlungen darin als Colombine, Gretchen, Elvira und Zephirine auf und empfing, auf das Heiterste der Welt, die Küsse mehrerer Generationen von

Personen, die aus den verschiedenen Ländern und den verschiedensten Literaturen entlehnt waren. Ein großer Musiker hatte es nicht verschmäht, eine fantastische und der Laune der Handlung angemessene Musik zu komponieren. Die Fanfarlo war bald dezent, bald märchenhaft, toll, raffiniert; sie war göttlich in ihrer Kunst, ebenso Schauspielerin mit den Beinen wie Tänzerin mit den Augen.

Bei uns verachtet man die Tanzkunst, wie nebenbei vermerkt sei. Alle großen Völker, in erster Linie die des Altertums, Indiens und Arabiens, pflegten sie in gleichem Maße wie die Poesie. Der Tanz ist der Musik, zumal für gewisse heidnische Stämme, so sehr überlegen, wie das Sichtbare und Geschaffene dem Unsichtbaren und Ungeschaffenen überlegen ist. Nur die können mich verstehen, denen die Musik Farben vermittelt. – Der Tanz kann alles herausstellen, was die Musik an Geheimnis birgt, und hat überdies den Vorzug, menschlich und fassbar zu sein. Der Tanz ist die Poesie mit Armen und Beinen, ist die graziöse, schreckliche, belebte, durch die Bewegung verschönte Materie. – Terpsichore ist eine Muse des Südens; ich glaube, dass sie sehr dunkelhaarig war und häufig ihre Füße in goldenem Getreide bewegte. Ihre rhythmischen Bewegungen sind göttliche Vorwürfe für den Bildhauer. Aber die katholische Fanfarlo, die sich nicht begnügte, mit Terpsichore wettzueifern, rief die Kunst der modernsten Götter zu Hilfe. Die Nebel bilden und formen weniger duftige und weniger gleichmäßige Feen und Undinen. Sie war zu gleicher Zeit ein Capriccio von Shakespeare und das eines italienischen Buffospieles.

Der Dichter war entzückt. Er glaubte, den Traum seiner frühesten Tage vor Augen zu sehen. Er hätte am liebsten in seiner Loge herumgetanzt und sich in der tollen Trunkenheit, die ihn beherrschte, den Kopf an etwas zerschlagen.

Eine niedrige und geschlossene Kutsche trug schnell zu dem Hause, von dem ich sprach, den Dichter und die Tänzerin.

Unser Freund drückte seine Bewunderung durch stumme Küsse aus, die er ihr glutvoll auf Füße und Hände presste. – Auch sie bewunderte ihn sehr, nicht dass sie die Macht seines Charmes nicht gekannt hätte, aber sie hatte bisher nie einen so merkwürdigen Mann, eine so elektrisierende Leidenschaft gesehen.

Das Wetter war dunkel wie das Grab und der Wind, der die Wolken wiegte, goss Regen und Hagel aus ihnen. Ein großer Sturm erschütterte die Mansarden und machte die Kirchtürme stöhnen; der Rinnstein, das Totenbett, in dem die Liebesbriefe und die Orgien des Vortages verenden, karrte kochend seine tausend Geheimnisse in die Kanäle. Die Sterblichkeit warf sich lustig in die Hospitäler. Und die Chattertons und Savages der Rue Saint-Jacques pressten ihre erfrorenen Finger um ihre Tintenfässer – als der falscheste, egoistischste, sinnreichste, feinschmeckerigste, geistreichste unserer Freunde vor einen schönen Abendbrottisch mit einer der schönsten Frauen trat, die die Natur zur Freude der Augen geschaffen hatte. Samuel wollte das Fenster öffnen, um einen Siegerblick auf die verfluchte Stadt zu werfen; dann fiel sein Blick auf all die Glücksmöglichkeiten, die dicht neben ihm waren, und er eilte, sie zu genießen.

Inmitten solcher Dinge musste er beredt werden: Auch fand die Fanfarlo, dass er trotz seiner zu hohen Stirn, seinem Urwald von Haaren und seiner Stumpfnase fast gut aussähe.

Samuel und die Fanfarlo hatten genau die gleichen Ideen betreffs der Küche und der Elitekreaturen notwendigen Ernährung. Blasses Fleisch und fade Fische waren beim Abendbrot dieser Sirene verfehmt. Champagner entweihte selten den Tisch. Die berühmtesten und duftendsten Bordeaux-Weine wichen dem Aufmarsch der schweren und dichten Bataillone von Burgunder, den Weinen der Auvergne und Anjous, den Südweinen, den ausländischen Weinen, deutschen, griechischen und spanischen. Samuel pflegte zu sagen, dass ein Glas wirklichen Weines einer schwarzen Weintraube ähneln müsste, und dass in ihm ebenso viel zu essen wie zu trinken sei. – Die Fanfarlo liebte blutendes Fleisch und Weine voll Trunkenheit. – Im Übrigen betrank sie sich nie. – Beide hatten eine aufrichtige und tiefe Hochachtung vor der Trüffel: Die Trüffel, diese dumpfe und geheimnisvolle Pflanze der Kybele, diese saftige Krankheit, die sie in ihren Eingeweiden länger verbarg als kostbares Metall, diese ausgezeichnete Frucht, die der Kunst der Agromanen ebenso spottet wie das Gold dem Paracelsus; die Trüffel, die die alte Welt von der modernen trennt[1], und die, vor einem Glas Chioswein genossen, wie mehrere Nullen nach einer Zahl wirkt.

Was nun die Saucen, Ragouts und Würzen betraf, schwerwiegende Fragen, die ein Kapitel von der Wichtigkeit einer wissenschaftlichen Abhandlung erfordern würden, so versichere ich, dass die beiden sich darin vollkommen einig waren, die ganze Apotheke der Natur zur Unterstützung der Küche zu rufen. Piment, englischer Senf, Safran, Kolonialgewürze, exotischer Staub, alles wäre ihnen gelegen gekommen, einschließlich Muskat und Weihrauch. Wenn Kleopatra noch lebte, glaube ich zuversichtlich, dass sie die Rinder- oder Rehfilets mit

---

[1] Die Trüffeln der Römer waren weiß und andersartig.

arabischen Parfüms hätte zurichten wollen. Es ist sehr zu bedauern, dass die Köchinnen heutzutage nicht durch ein besonderes und genießerisches Gesetz gezwungen werden, die chemischen Eigenschaften ihrer Zutaten zu erlernen und nicht in wichtigen Fällen, wie dem eines Liebesfestes, die nahezu brennbaren kulinarischen Elemente finden können, die das organische System schnell wie Blausäure durchdringen und wie Äther sich verflüchtigen. So merkwürdig es war, diese Gleichgestimmtheit im Wunsch nach guter Küche, diese Ähnlichkeit im Geschmack verband sie stark. Diese tiefe Übereinstimmung im sinnlichen Leben, die aus jedem Blick und jedem Satz Samuels leuchtete, beeindruckte die Fanfarlo sehr. Seine Worte, die bald nüchtern wie eine Zahl, bald zart und duftend wie eine Blume oder ein Sachet waren, diese merkwürdige Unterhaltung, deren Geheimnis er allein kannte, verschaffte ihm vollends die Gnade dieser reizenden Frau. Im Übrigen erkannte auch er, nicht ohne große und tiefe Befriedigung, beim Anblick des Schlafzimmers die völlige Übereinstimmung ihres Geschmackes und ihrer Gefühle für die Wohnungseinrichtung. Samuel hasste aus ganzer Seele und hatte damit meiner Ansicht nach völlig recht, in Wohnungen große und gerade Linien und die auf den häuslichen Herd angewandte Architektur. Die großen Hallen alter

Schlösser ängstigen mich, und ich bedaure die Schlossfrauen, die in diesen Schlafzimmern lieben mussten, die wie ein Grabgewölbe aussehen, in großen Katafalken, die sich Betten nannten, auf großen Monumenten, die das Pseudonym Fauteuil annehmen. Die Wohnungen in Pompeji sind nicht größer als die Hand, die indischen Ruinen, die die Küste von Malabar bedecken, zeugen von demselben System. Diese großen wollüstigen und weisen Völker verstanden sich durchaus auf die Frage. Nur in einem sehr engen Raum kommt man zum Genuss intimer Gefühle.

Die Schlafstube der Fanfarlo war also sehr klein, sehr voll weicher, duftender und gefährlich zu berührender Dinge; ihre von bizarren Miasmen geschwängerte Luft erweckte die Sehnsucht, in ihr langsam wie in einem Freudenhause zu sterben. Die Helligkeit der Lampen spielte in einem Gewirr von Spitzen und grellbunten aber verschwimmenden Stoffen. Hier und dort beleuchten sie an der Wand Bilder voll spanischer Wollust: sehr weißes Fleisch auf sehr dunklen Hintergründen. In diesem reizenden Versteck, das zugleich ein verworfener Ort und ein Sanktuarium war, sah Samuel die neue Göttin seines Herzens im strahlenden und heiligen Glanz ihrer Nacktheit auf sich zuschreiten.

Welcher Mann möchte nicht, um den Preis selbst seines halben Lebens, sehen, wie sein Traum, sein wirklicher Traum, schleierlos vor ihm steht, wie das angebetete Gebilde seiner Fantasie nach und nach alle Kleider fallen lässt, die bestimmt sind, sie gegen die Augen des Gemeinen zu schützen? Aber da begann Samuel in merkwürdiger Laune wie ein verwöhntes Kind zu schreien: »Ich will Colombine, gib mir Colombine, gib sie mir so, wie sie mir am Abend erschien, die mich in ihrem fantastischen Kleid und ihrem Seiltänzermieder verrückt machte!«

Die Fanfarlo war zuerst erstaunt, wollte sich aber der Exzentrizität des Mannes fügen, den sie sich erwählt hatte, und man klingelte Flora. Wenn diese auch einwand, dass es drei Uhr morgens, das Theater geschlossen, der Pförtner eingeschlafen, das Wetter scheußlich sei – noch immer heulte der Sturm –, sie musste der Fanfarlo gehorchen, und die Jungfer verließ das Zimmer, als Samuel, dem etwas Neues einfiel, sich an die Klingel hängte und mit donnernder Stimme schrie: »Und vergessen Sie nicht das Rot!«

Dieser charakteristische Zug, den die Fanfarlo selbst eines Abends erzählte, als ihre Bekannten sie nach dem Beginn ihres Verhältnisses mit Samuel befragten, erstaunte mich nicht. Darin erkannte ich den Verfasser der Fischadler. Er wird immer rote und weiße Schminken, falsches Gold und allen Flitter lieben. Am liebsten würde er die Bäume und den Himmel noch einmal schaffen, und wenn Gott ihm den Entwurf der Natur anvertraut hätte, hätte er ihn vielleicht verdorben.

Obgleich Samuel von depravierter Einbildungskraft war (und vielleicht gerade deswegen), war die Liebe ihm weniger eine Angelegenheit der Sinne als des Verstandes. Sie bestand hauptsächlich in der Bewunderung des Schönen und der Sehnsucht danach; er betrachtete die Zeugung als den Fluch der Liebe und die Schwangerschaft als ekelhafte Krankheit. Irgendwo hatte er geschrieben: »Die Engel sind Hermaphroditen und unfruchtbar.« – Er liebte den menschlichen Körper wie eine lebendige Harmonie, eine schöne Architektur, die sich obendrein bewegte; und dieser vollkommene Materialismus kam dem reinsten Idealismus sehr nahe. Aber da seiner Ansicht nach die Schönheit, die die Ursache der Liebe ist, aus zwei Elementen bestand: Linie und Verlockung – und da dies alles nur die Linie betrifft – bedeutete ihm an jenem Abend wenigstens das Rot die Verlockung.

Die Fanfarlo verkörperte also Linie und Verlockung für ihn. Und wenn er sie betrachtete, da sie in der Sorglosigkeit und der siegreichen Ruhe der geliebten Frau auf dem Bettrand saß und zärtlich ihre Hände auf ihn legte, meinte er die

Unendlichkeit hinter den hellen Augen dieser Schönheit zu sehen, und dass seine Augen auf die Dauer über ungeheure Horizonte schwebten. Im Übrigen war er, wie es außergewöhnlichen Menschen begegnet, häufig allein in seinem Paradies, das keiner mit ihm bewohnen konnte; und wenn er sie zufällig mit Gewalt fast hineinhob und schob, blieb sie doch immer zurück. So begann in dem Himmel, den er beherrschte, seine Liebe wie ein königlicher Einsiedler traurig und krank an blauer Melancholie zu werden.

Indessen bekam er sie niemals über; niemals empfand er, wenn er sein Liebesnest verließ und schnell in der Morgenluft durch die Straßen schritt, die egoistische Freude an der Zigarre und an den in die Taschen gebohrten Händen, von der irgendwo unser großer moderner Romancier[2] spricht.

Anstatt Herz besaß Samuel eine edle Klugheit; und anstatt ihn undankbar zu machen, hatte der Genuss in ihm jene warme Befriedigung, jene sinnliche Träumerei erweckt, die vielleicht besser taugt, als die Liebe im üblichen Sinne. Im Übrigen hatte die Fanfarlo ihr Bestes getan und ihre geschicktesten Zärtlichkeiten verausgabt, da sie gewahrte, dass der Mann sie wert sei: Sie

---

[2] Der Verfasser: Das Mädchen mit den Goldaugen.

hatte sich an diese mystische Sprache gewöhnt, die voll Schamlosigkeiten und außerordentlichen Schlüpfrigkeiten steckte – sie hatte für sie wenigstens den Reiz der Neuheit.

Die Laune der Tänzerin hatte von sich reden gemacht. Sie sagte mehrere Male die Vorstellung ab, hatte die Probe vernachlässigt; viele beneideten Samuel.

Eines Abends, durch Zufall, oder weil Herr von Cosmelly sich langweilte, oder weil seine Frau es schlau eingerichtet hatte, saßen sie zusammen am Kamin. Nach einem jener langen Schweigen, die es in Ehen gibt, in denen man sich nichts mehr zu sagen und sehr viel zu verschweigen hat, sagte Frau von Cosmelly zu ihrem Gatten, nachdem sie ihm den besten Tee der Welt in einer sehr bescheidenen und ganz zersprungenen Teemaschine, vielleicht noch der aus dem Schloss der Tante, bereitet und ihm am Klavier einige Stücke einer vor zehn Jahren beliebten Musik vorgesungen hatte, in ihrer zärtlichsten und in der vorsichtigen Stimme der Tugend, die angenehm klingen will und den Gegenstand der Liebe zu verscheuchen fürchtet, dass sie ihn außerordentlich bedauere und sehr viel geweint habe, mehr um ihn noch als um sich; dass sie wenigstens in ihrer ganz ergebenen und unterwürfigen Entsagung gewünscht hätte, dass er anderswo als bei ihr die Liebe finden würde, die er von seiner Frau nicht mehr verlangte; dass sie mehr darunter gelitten habe, ihn betrogen als sich verlassen zu sehen. Dass sie im Übrigen selbst sehr viel Schuld daran habe, weil sie ihre Pflichten als zärtliche Gattin vernachlässigt und den Gatten nicht auf die Gefahr aufmerksam gemacht hätte; dass sie im Übrigen durchaus bereit sei, diese blutende Wunde zu schließen und von sich aus eine von beiden Seiten begangene Unvorsichtigkeit wieder gutzumachen usw. – was nur immer eine von Zuneigung getragene List an honigsüßen Worten erfinden konnte. – Sie weinte, sie weinte vorzüglich; das Feuer beschien ihre Tränen und ihr vom Schmerz verschöntes Gesicht.

Herr von Cosmelly antwortete kein Wort und ging aus dem Zimmer. Die Männer, die sich auf ihren Fehlern ertappt sehen, lieben es nicht, ihre Gewissensbisse der Milde zu opfern. Wenn er zur Fanfarlo ging, fand er dort zweifelsohne Spuren von Unordnung, Zigarrenstummel und Feuilletons.

Eines Morgens wurde Samuel durch die eigensinnige Stimme der Fanfarlo geweckt und hob langsam den müden Kopf vom Kissen, auf dem er ruhte, um einen Brief zu lesen, den sie ihm reichte:

»Dank, tausend Dank; mein Glück und meine Dankbarkeit werden Ihnen in einer besseren Welt angerechnet werden. Ich bin einverstanden. Ich

nehme meinen Mann aus Ihren Händen zurück und reise mit ihm heute Abend auf unser Landschloss, wo ich die Gesundheit und das Leben wiederfinden werde, das ich ihm schulde. Ich verspreche Ihnen ewige Freundschaft. Ich habe Sie immer für einen Menschen gehalten, der zu anständig ist, um nicht Freundschaft einer jeden anderen Belohnung vorzuziehen.«

Samuel, der auf Spitzen lag und sich auf die kühlsten und schönsten der Schultern stützte, die man sich denken konnte, fühlte dumpf, dass er hineingelegt worden war, und hatte Mühe, in seinem Gedächtnis den Anfang der Intrige, die er entwirrt hatte, zusammenzubringen; aber er sagte sich ruhig: Sind unsere Leidenschaften sehr ehrlich? Wer weiß genau, was er will, und kennt genau das Barometer seines Herzens?

»Was murmelst du da? Und was bedeutet das? Ich will es wissen«, sagte die Fanfarlo.

»Ach nichts«, antwortete Samuel. »Der Brief einer anständigen Frau, der ich versprochen hatte, von dir geliebt zu werden.«

»Das wirst du mir büßen«, murmelte sie zwischen den Zähnen.

Es ist wahrscheinlich, dass die Fanfarlo Samuel geliebt hat, aber mit dieser Liebe, die nur wenig Seelen kennen, dieser Liebe mit Hass auf dem Grunde. Er wurde dort bestraft, wo er gesündigt hatte. Er hatte oft Leidenschaft gespielt: Er wurde gezwungen, sie kennenzulernen; aber es war nicht die ruhige, stille und starke Liebe, die anständige Mädchen einflössen, es war die schreckliche, verzweifelnde und schmachvolle Liebe, die krankhafte Liebe der Kurtisanen. Samuel lernte alle Martern der Eifersucht kennen, die Traurigkeit und die Erniedrigung, die uns in das Bewusstsein eines unheilbaren und körperlichen Leidens wirft – kurz, alle Schrecken dieser lasterhaften Ehe, die man Konkubinat nennt –. Sie dagegen wird alle Tage fetter; sie ist zu einer dicken, sauberen, glatten und listigen, zu einer Art ministerieller Lorette geworden. – Dieser Tage wird sie zur Beichte und zum Abendmahl gehen. Um diese Zeit wird Samuel vielleicht gestorben sein, und wie er in seinen guten Tagen sagte, aus Strafe auf Flitter gekreuzigt werden, und die Fanfarlo wird mit ihrem Nonnenantlitz einem jungen Erben den Kopf verdrehen. – Unterdessen lernt sie Kinder machen; soeben ist sie glücklich mit Zwillingen niedergekommen. – Samuel hat vier wissenschaftliche Werke geschrieben: ein Buch über die vier Evangelisten, ein anderes über die Symbole der Farben – eine Denkschrift über ein neues Annoncensystem und ein viertes, an dessen Titel ich mich nicht mehr erinnern kann. Das Schlimmste an diesem Letzten ist, dass es voll Verve, Energie und Merkwürdigkeiten ist.

Samuel hatte die Stirn, als Motto *Auri sacra fames!* darüber zu setzen. Die Fanfarlo will, dass ihr Liebhaber Mitglied der Akademie wird, und sie intrigiert im Ministerium, um ihm das Kreuz zu verschaffen.

Armer Dichter der Fischadler! – Arme Manuela de Monteverde! Er ist sehr tief gefallen. – Kürzlich erfuhr ich, dass er eine sozialistische Zeitung gegründet hatte und Politiker werden wollte. Unehrliche Intelligenz! Wie der ehrliche Herr Nisard sagt.

Weitere Titel im
EUROPÄISCHEN LITERATURVERLAG

www.elv-verlag.de

Théophile Gautier
Charles Baudelaire

This volume contains Gautier's biographical essay "The Life and Intimate Memoirs of Baudelaire". The English translator Guy Thorne complements Gautier's writing with selected poems and letters of Baudelaire and an essay on Baudelaire's influence upon modern poetry and thought.

Reprint of the original edition from 1915.

1. Aufl. 2011, 224 Seiten, Englisch, Paperback, 24,90 €

ISBN/EAN: 9783862672530

Honoré de Balzacr
Die Lilie im Tal

Honoré de Balzac (1799-1850) zählt zu den größten Schriftstellern der europäischen Literatur. Sein Romanzyklus "Die Menschlichen Komödie", in welchem er die französische Gesellschaft des 19. Jahrhunderts zu charakterisieren und beschreiben versucht, gelangte leider nie zur Vollendung. Sein Werk stellt dennoch ein eindrucksvolles Sittengemälde der damaligen Zeit dar. Balzac schildert in seinen Erzählungen die Menschen und sozialen Milieus derart treffend und mit einem so scharfen analytischen Verstand, dass er heute zurecht als der Begründer des soziologischen Romans gilt. In seiner zwanzigjährigen Schaffensperiode veröffentlichte er knapp 100 Romane sowie zahlreiche weitere Erzählungen, Essays und dramatische Stücke. Für das Verständnis der französischen Restaurationsgesellschaft stellen diese heute noch eine der bedeutendsten literarischen Quellen dar.

Der Roman "Die Lilie im Tal", welcher erstmals 1835 erschien, erzählt die Geschichte des Gymnasiasten Felix de Vandernesse, dessen leidenschaftliche Liebe zu der zwanzig Jahre älteren und verheiratete Henriette de Mortsauf gegen die strikten gesellschaftlichen Konventionen und Moralvorstellungen seiner Zeit verstößt.

1. Aufl. 2011, 260 Seiten, Deutsch, Paperback, 21,90 €

ISBN/EAN: 9783862671113

Benjamin Disraeli
Vivian Grey

"Vivian Grey" is the first novel of the British author and former Prime Minister Benjamin Disraeli. It chronicles the story of a young ambitious man who enters the highest political and social circles of Georgian England.

Its vivid portrayal of the fashionable world of London and its notorious dandy figures made the book one of the most popular novels of its time.

1. Aufl. 2011, 524 Seiten, Englisch, Paperback, 29,90 €

ISBN/EAN: 9783862672509